(k)

Épisode

7

Des amis et des hommes
Sophie Bienvenu

Illustrations de
Salgood Sam

la courte échelle

18:02 – Emxx dit :
Alors ?

18:02 – A.n.i.t.a. dit :
Alors rien.

18:02 – A.n.i.t.a. dit :
Il voulait juste travailler.

18:02 – Emxx dit :
? ? ?

18:02 – A.n.i.t.a. dit :
Sur le devoir de français, là.

18:03 – Emxx dit :
C'est tout ?

18:03 – A.n.i.t.a. dit :
Ouais. On a passé l'après-midi là-dessus. : (

18:03 – A.n.i.t.a. dit :
C'était cool, par exemple...

18:03 – Emxx dit :
Vous avez même pas frenché ?

18:03 – A.n.i.t.a. dit :
Même pas.

18:03 – Emxx dit :
C'est quoi, vous êtes amis, genre ?

**Dernier message reçu le dimanche
2 novembre à 18:03**

Émilie pense que si un gars vous invite chez lui et qu'il n'essaie rien, c'est qu'il vous a rangée dans la catégorie « amie ». Une fois placée dans ladite catégorie, selon elle, il est quasiment impossible d'en sortir. En bref, je ferais mieux de passer à autre chose, parce qu'avec Kevin je perds mon temps. D'autant plus qu'elle ne voit pas ce que je lui trouve.

Elle m'accorde qu'il est *cute*, mais oppose à ça qu'il n'a pas de voiture, encore moins d'avenir, qu'il s'habille drôlement, qu'il est désagréable et, surtout, qu'il est bizarre.

Alors, d'abord, il n'est pas « *cute* », il est EXAGÉRÉMENT *cute*. S'il n'a pas de voiture, c'est certainement parce qu'il se préoccupe de l'environnement. Bien sûr qu'il a un avenir ! Il ne sait juste pas ce que c'est pour l'instant. Il ne s'habille pas drôlement : c'est lui qui dessine et sérigraphie ses t-shirts, alors il n'a pas les mêmes que tout le monde ; il est original. Il n'est pas désagréable, il est simplement difficile à cerner. Et il n'est surtout pas bizarre, il est juste un peu... O.K., ça, j'avoue, il est bizarre.

Mais c'est le seul point que je concède à Émilie.

C'est bien facile de me conseiller de « passer à autre chose » alors qu'elle sort avec mon ex, elle qui me répète sans arrêt que les ex servent à passer le temps et à ne pas perdre la main en période de disette.

Peut-être qu'elle a raison, cela dit. Si ça se trouve, je perds mon temps avec Kevin. Si ça se trouve, je n'aurais pas dû laisser Jonathan. Je n'étais pas si mal que ça, avec lui...

La faim me fait raconter n'importe quoi. Je suis en période de disette. En pénurie de Kevin.

Mon ventre gronde.

(K)

21:14 – Tania dit:

C'est quoi, là, vous sortez ensemble?

21:15 – Kay dit:

Mais non! On a travaillé tout l'après-midi.

21:15 – Tania dit:

Ben oui, tsé. Penses-tu que je suis épaisse?

21:15 – Kay dit:

Pour vrai, là! Voyons! C'est quoi ton problème?

21:15 – Tania dit:

Tu mens; c'est ça, mon problème.

21:15 – Kay dit:

Y s'est rien passé pour vrai!

21:15 – Tania dit:

Tu restes tout l'après-midi dans ta chambre avec une fille que tu trouves *cute*, pis y se passe rien?

21:15 – Kay dit:

Non.

21:15 – Kay dit:

C'est pas de même, elle pis moi.

21:15 – Kay dit:

Mais si je te voyais, je serais peut-être moins tenté, par exemple... :P

21:16 – Tania dit:

O.K., alors elle te tente?

21:16 – Kay dit:

TOI, tu me tentes.

21:16 – Tania dit :
Et elle ? Elle te tente, elle ?

21:16 – Kay dit :
On est amis.

21:16 – Kay dit :
C'est tout.

21:16 – Kay dit :
JUSTE amis.

**Dernier message reçu le dimanche
2 novembre à 21:16**

« On est amis. »

Coup de poing.

« C'est tout. »

Coup de poignard.

« JUSTE amis. »

Coup de grâce.

Je ne suis pas spécialiste, mais là, je dirais que ça n'augure pas bien. C'est à cause des points à la fin de chacune de ses phrases et du mot « JUSTE » en lettres majuscules. S'il n'y avait pas ces preuves irréfutables, je pourrais négocier, trouver des explications, tourner le tout à mon avantage (ou, au moins, remettre la situation au neutre), sauf que là, non.

On ne niaise pas avec les majuscules. Ni avec les points.

Pourtant, cet après-midi, quand il me regardait, j'ai cru percevoir quelque chose. Une sorte d'intensité.

C'est peut-être notre discussion qui a allumé la passion des lettres en lui, et c'est l'étincelle de la littérature que j'ai décelée dans ses yeux. Aucun rapport avec moi. Évidemment.

Lorsqu'il gagnera le prix Goncourt pour « l'ensemble de son œuvre » et qu'il adressera son discours à la foule, il remerciera sa muse, son égérie : Tania !

Et là, tous les regards se tourneront vers une chaise vide.

Bien fait pour lui.

À moins que ma cousine accepte de jouer le rôle de Tania juste pour la remise des prix... Alors, toutes les lumières et toutes les caméras convergeront vers elle, souriant modestement. Kevin la regardera amoureusement, et moi, qui assisterai à la scène retransmise à la télé par satellite, je pleurerai toutes les larmes de mon corps en mangeant mon pop-corn au caramel.

Ce soir-là, on pourra dire que c'est la fin du monde.

Puisqu'on parle de pop-corn au caramel, je décide de descendre à la cuisine pour aller m'en chercher un bol. Mon frère lit une circulaire, accoudé au comptoir. Je m'adresse à lui un peu plus sèchement que je le voudrais :

— Qu'est-ce que t'as encore fait, pour être ici à cette heure ?

— Moi aussi, ça me fait plaisir de te voir, sœurette !

Je soupire et fouille dans l'armoire. Mon frère m'informe qu'il n'y a plus d'Oreo.

— C'est pas ça que je venais chercher.

— T'as raison, tu ferais mieux de manger des carottes : non seulement c'est moins calorique, mais il paraît que ça rend aimable, aussi !

N'étant pas d'humeur à supporter les railleries de Thomas, je prévois un repli stratégique vers mes quartiers dès que j'aurai trouvé de quoi remplir mon petit creux.

— Pis, ça s'est arrangé avec ton Kevin? m'interroge-t-il.

— Non. On est « JUSTE amis ».

— Ben là, c'est déjà pas mal! Comment t'as réussi à devenir son amie après l'avoir traité d'épais?

— On est JUSTE amis. Avec des majuscules à « juste » et un point après le « amis », que je rectifie.

— Des majuscules, carrément? lance-t-il avec un sourire moqueur.

— Ça va. Si c'est pour rire de moi, tu peux t'en aller! que je lui réponds.

Devant l'absence criante de pop-corn au caramel, je jette finalement mon dévolu sur un reste de poulet froid et, comme je n'ai pas vraiment envie d'être toute seule, je décide de tenir un peu compagnie à mon frère. Quand tout va mal...

— Sans rire, t'as fait des conneries, encore? que je lui demande, désabusée.

— Alors, maintenant, chaque fois que je vais être ici sans P.O., tout le monde va supposer que j'ai fait des conneries?

— Je pose juste la question, monte pas sur tes grands chevaux!

— Eh bien, non, pour ton information! Je vais à un party pas loin, et je suis passé dire bonsoir.

— Ah!

— Alors... comment ça, «juste» en majuscules, «amis» point final?

— Je comprends rien aux gars.

— Frenche-le de force, je te l'ai déjà dit. Tu sauras tout de suite.

— C'est toujours votre réponse à tout, Émilie et toi! Elle sort avec Jonathan, d'ailleurs.

— Ah! Alors, bien sûr, tu veux récupérer Jonathan, conclut Thomas.

— Non! que je m'insurge.

— Ça devrait pas tarder, prévoit-il.

— N'importe quoi! Tant mieux s'ils sont bien ensemble... Pourquoi tu dis ça?

— Parce que, depuis que vous vous connaissez, Émilie et toi, c'est ça qui arrive: tu as quelque chose, tu t'en lasses, elle le veut, tu le lui donnes et, quand tu la vois avec, tu le reveux, tu boudes, tu finis par le récupérer, elle pleure, vous vous détestez dix minutes, vous oubliez l'existence du truc en question et vous passez à autre chose.

— C'est pas vrai! On fait pas ça!

Thomas me sourit, lance sa circulaire dans le bac de recyclage, mime un «Yesssssssss!» victorieux et me fait un bisou sur la joue que j'aurais évité s'il ne m'avait pas prise par surprise.

— Bonne nuit, p'tite sœur. À demain soir !

Mon regard tueur l'accompagne jusqu'à ce qu'il passe la porte.

On ne fait jamais ça, Émilie et moi. Ce n'est jamais arrivé.

Et, de toute façon, Jonathan, je l'avais vu avant.

16:19 – Kay dit :
Tu fais quoi, là ?

16:19 – A.n.i.t.a. dit :
Pas grand-chose. :)

16:19 – Kay dit :
Moi, je viens de finir le chapitre que tu m'as dit de lire,
pis j'ai commencé celui d'après.

16:19 – A.n.i.t.a. dit :
Cool !

16:19 – Kay dit :
Ça te tente-tu de passer chez moi, qu'on travaille dessus
pendant que c'est encore frais dans mon esprit ?

16:19 – A.n.i.t.a. dit :
Euh... ouais... O.K.

16:20 – Kay dit :
O.K. À tout de suite.

16:20 – Kay dit :
(k)

Kay s'est déconnecté(e)

**Dernier message reçu le mercredi 5 novembre
à 16:20**

Vous avez vu ?

Un (k) !

J'en ai des frissons partout.

Normalement, les becs virtuels sont réservés à Tania, et là... bisou virtuel à moi.

Dimanche, Kevin me bombardait de signes de ponctuation, me prenant pour cible à coups de points-balles de revolver, et aujourd'hui... ça. Un bisou.

La question est de savoir de quel genre de bisou il s'agit. C'est très ennuyeux, car ce sont des choses qui ne se demandent pas. Je me vois mal débarquer chez lui en lui ordonnant de me le montrer en vrai, histoire que j'arrête d'être confuse. Ça me confondrait peut-être encore plus (pour des raisons différentes), mais je suis persuadée que c'est plus agréable d'être mêlée avec la langue de Kevin dans la bouche que mêlée en mordillant un stylo feutre.

Mais je peux me tromper.

Lorsque j'arrive devant chez Kevin, Antoine est, bien sûr, à son poste.

— Ça fait longtemps que tu n'es pas venue, m'accuse-t-il. J'aurais très bien pu t'oublier !

— Pas si longtemps que ça ! On n'est que mercredi, que je plaide.

— Je ne comprends rien à vos histoires de calen-drier. J'ai faim et j'ai mal à la moustache. M'as-tu apporté du lait? me demande-t-il en se couchant sur le côté.

— J'ai lu sur Internet que le lait n'était pas bon pour les chats.

— Pffff, n'importe quoi... Mais, dis-moi... où en sont nos affaires avec tu sais qui?

— Aucune idée! Je ne sais pas si on est camarades de classe, amis ou plus!

— En tout cas, depuis que tu es là, la fille aux mèches roses ne vient plus. C'est tant mieux, elle sentait le chien. On ne l'aimait pas.

— Qui ça, «on»?

— Moi, répond Antoine avant d'aller se cacher sous une voiture.

Satisfaite que Mèches-Roses sente le chien, je me dirige vers la porte, qui s'ouvre avant que j'aie pu sonner. Un Matthias piteux sort de l'appartement, son gros sac d'école sur le dos.

— Salut, Anita. Kevin veut que j'aille chez Mme Marchildon, alors on se verra pas ce soir, m'apprend-il tristement.

— Pourquoi Kevin veut que tu ailles chez Mme Marchildon?

— Parce que Nancy est là, et je l'énerve.

— Tu l'énerves? Ta mère?

— Oui. Mais c'est pas grave, il va venir me chercher quand elle sera partie. Bonne soirée, Anita.

Je regarde le petit descendre les escaliers tout doucement, flatter Antoine sorti de sa cachette et pénétrer chez la voisine. La rue est remplie de tristesse.

Je frappe. Pas de réponse. Une seconde fois, et toujours rien. Malgré les sirènes annonçant un désastre imminent qui se sont déclenchées dans ma tête, je passe la porte.

Je m'avance dans le couloir et appelle timidement Kevin. Toujours pas de réponse. Quelques pas plus loin, je tombe nez à nez avec Nancy, simplement vêtue d'un soutien-gorge et d'un jean. Elle sursaute.

— T'es qui, toi?

— Anita, une amie de Kevin. Enchant...

— ... évidemment, ça peut juste être une amie de Kevin qui a pas été élevée, pis qui rentre chez le monde sans frapper, me répond-elle sèchement.

— J'ai frappé, mais...

— ... ouais, ouais... ben qu'est-ce tu veux que je te dise? Entre, puisque c'est déjà fait! Y'é dans sa chambre.

— Merci.

Bonne première impression.

J'ai envie de vomir.

Dans sa chambre, Kevin est assis sur son lit, son iPod sur les oreilles, en train de griffonner dans son cahier.

Il a les mâchoires serrées et les yeux rouges. Après ma rencontre avec Matthias, j'aurais dû comprendre qu'une crise faisait rage et rebrousser chemin. Au lieu de ça, me voici comme un chien dans un jeu de quilles, et je n'ai jamais trop aimé les quilles.

Kevin m'aperçoit, retire ses écouteurs, prend un air sérieux et me demande comment ça va. Je n'ai pas le temps de lui répondre que Nancy pénètre en trombe dans sa chambre.

— C'est pas assez petit ici sans que t'invites du monde? aboie-t-elle.

— Faut qu'on travaille, lui répond-il en regardant ses pieds.

— Ouin, me semble, lance-t-elle, sceptique.

Elle fait une pause et me dévisage de haut en bas.

— En tout cas, elle est pas mal plus *cute* que celles que tu ramènes d'habitude. Je sais pas ce qu'elle te trouve.

Kevin garde les yeux baissés et ne répond rien, comme lorsque je l'ai surpris dans le bureau du directeur.

— Y'é ordinaire, me semble... Qu'est-ce tu y trouves? me demande-t-elle en tirant une bouffée de sa cigarette.

J'espère, par miracle, être devenue invisible. Où sont les super-pouvoirs quand on en a besoin? Je la fixe, incapable de répondre quoi que ce soit.

J'aimerais lui énumérer tout ce qui fait que son fils est merveilleux. Ses cheveux parfaits, bruns mais pas trop foncés, pas trop longs mais pas trop courts non plus. Ses yeux qui ne sont même pas d'une couleur qui existe pour vrai. Ses lèvres, ni trop épaisses ni trop minces, juste parfaites pour être confortables.

Je voudrais lui dire que je ne comprends pas pourquoi les gens ne s'arrêtent pas dans la rue pour le regarder.

Je voudrais lui dire : «Ton fils est loin d'être "ordi-naire", espèce de vieille mégère folle ! Je t'aime pas je t'aime pas je t'aime pas, je veux que tu t'en ailles et que tu nous laisses seuls, ton merveilleux fils et moi.»

Mais je dis :

— ...

Éloquent.

— Tu vois, même elle, elle sait pas ce qu'elle te trouve. Y'é où, le flo ?

— Chez la voisine, lui répond Kevin, toujours en regardant le sol. T'as fini, là ? Qu'est-ce tu veux ?

— Ton loyer, répond-elle.

— On est juste le 25.

— J'en ai besoin maintenant.

— Ben je l'ai pas, réplique-t-il fermement. Tu l'auras la semaine prochaine.

Pour la première fois depuis que sa mère est entrée dans la chambre, Kevin la regarde dans les yeux. Moi qui pensais avoir rencontré de la haine au moment de son altercation avec Jonathan, je n'avais rien vu.

Ils se regardent un long moment pendant lequel je n'ose plus respirer. Je voudrais disparaître sous le tapis. Arrêter d'être là. C'est finalement Nancy qui brise le silence :

— Tu sais à quel point je peux te pourrir la vie si je veux, lui crache-t-elle en laissant tomber la cendre de sa cigarette sur la moquette.

Kevin s'avoue vaincu et baisse la tête de nouveau.

— C'est beau, je te l'apporterai demain.

Lorsqu'elle quitte la pièce, il se retourne et donne un grand coup de poing dans le mur.

— Désolé, me dit-il.

Je m'approche de lui et prends sa main, qui commence déjà à rougir dans la mienne. Je n'ai aucune idée de la marche à suivre pour soigner un membre tuméfié.

Je lui souris :

— C'est plutôt auprès du mur que tu devrais t'excuser !

— C'est lui qui m'a cherché, renchérit-il du tac au tac en souriant, lui aussi.

Il soupire, prend sa tête dans ses mains et reste figé dans cette position.

Lorsque mon grand-père est mort, il y a deux ans,

mon père est demeuré ainsi durant des heures pendant que ma mère lui flattait le dos. C'est inné, je pense, chez les femmes. Flatter le dos de leur homme en cas de crise.

Je m'assois donc à côté de Kevin et accomplis mon devoir. Il y a un dos en détresse à caresser, et ce dos appartient à mon homme.

Ou, au moins, à un ami.

(K)

17:02 – Emxx dit :
Faut PAS que tu sois son amie.

17:02 – A.n.i.t.a. dit :
C'est peut-être mieux que rien, non ?

17:03 – Emxx dit :
Non.

17:03 – A.n.i.t.a. dit :
J'étais censée faire quoi ?

17:03 – Emxx dit :
Ben là ! Il est trop tard maintenant !

17:03 – Emxx dit :
Mais c'est peut-être possible de rattraper ça.

17:03 – Emxx dit :
Faut trouver un plan.

17:03 – A.n.i.t.a. dit :
J'arrive ! :)

Dernier message reçu le jeudi 6 novembre à 17:03

J'ai l'impression que ça faisait des années qu'Émilie et moi n'avions pas passé une vraie soirée de filles à discuter de gars, de maquillage, de gars, de linge, de gars, de profs, de gars...

Elle parle peu de Jonathan, et c'est tant mieux. Je ne voudrais pas qu'une conversation sur son pourcentage d'appartenance à elle ou à moi mette en péril nos retrouvailles. D'autant plus que, après réflexion, mathématiquement, scientifiquement, logiquement et de toutes les autres façons possibles, il est toujours plus à moi qu'à elle, puisqu'il m'a appartenu plus longtemps. C'est un fait. Une loi non écrite. La loi Anita.

Je dois quand même avouer que sa relation avec mon ex a au moins un aspect positif : Émilie est maintenant revenue à l'âge qu'elle est censée avoir. Plus de tentatives de rencontrer des gars plus vieux, plus de regards condescendants, plus d'attitudes hautaines... Est-ce parce qu'elle se sent coupable de sortir avec Jonathan ? Est-ce que la fille détestable qui avait pris possession de ma meilleure amie n'est plus qu'un mauvais souvenir ?

— Tu dors ici ? me propose-t-elle, comme dans le temps.

Je lui adresse juste un sourire, m'empare de mon cellulaire et compose le numéro de la maison. Je connais déjà le dialogue par cœur. Il se termine par la phrase

« Ne vous couchez pas trop tard... À demain ! », qui pré-
cède quelques cris et de nombreux chuchotements.

Le lendemain, je suis presque endormie sur mon
bureau lorsque la cloche qui annonce la fin du dernier
cours de la matinée retentit. Je soupire, m'étire, soupire
encore, bâille... Les salles de biologie qui ne servent plus,
au troisième étage de l'école, devraient être reconverties
en dortoir. Je suis sûre que notre apprentissage en serait
amélioré.

Kevin se plante à côté de moi.

— Heille ! m'interpelle-t-il.

— Heille ! que je lui réponds.

Il a l'air tellement mal à l'aise qu'il me fait penser à moi. Les élèves sortent de la classe, d'autres en-
trent, mais toute cette effervescence ne nous atteint
pas. Nous nous regardons, lui cherchant ses mots, moi
les attendant.

Il se mord les lèvres. Son regard se pose à droite, à
gauche, sur moi, par terre, en l'air, sur moi de nouveau.
Il finit par m'annoncer :

— J'ai le goût d'une *smoke*.

Pas tout à fait ce que j'espérais.

— Tu veux venir dehors avec moi ? continue-t-il.

Kevin est champion olympique de l'ascenseur
émotif. Il peut vous faire passer de la déception extrême
à la joie intense en un temps record.

Dans les couloirs, nous ne parlons pas. J'ignore s'il cherche, lui aussi, des choses à me dire mais, de mon côté, les nombreux sujets que je passe en revue tombent directement aux oubliettes. Je ne comprends pas pourquoi interagir avec lui est si difficile à l'école, alors que, quand nous sommes chez lui, les discussions et les rires s'enchaînent, et nous ne voyons pas le temps passer.

Émilie a tenu à me prêter du linge, ce matin. Elle a insisté sur le fait que le vert de ce chandail m'allait bien et m'a convaincue que mes hanches n'étaient pas encore plus bizarres avec ce pantalon mais, tout à coup, je me sens déguisée.

Kevin m'a refilé son malaise.

Le malaise est une maladie émotionnellement transmissible.

Je le suis hors de l'enceinte de l'école. Il s'adosse à un mur et allume une cigarette. Je m'y adosse également, à côté de lui. Nous n'avons toujours pas échangé un mot depuis mon « O.K. ».

Il faut que je trouve quelque chose.

— Tu m'en donnes une ? que je lui demande en montrant ses cigarettes du doigt.

— Depuis quand tu fumes ?

Un haussement d'épaules est ma seule réponse.

Il m'en tend une et s'approche de moi pour me l'allumer. J'essaie de protéger la flamme du vent en la cachant avec mes mains mais, visiblement, une tempête a décidé de se lever pour empêcher cette cigarette de s'allumer. Kevin s'approche encore. Une tempête se lève dans ma tête, dans mon ventre et dans ma poitrine. Il ajoute sa main aux miennes pour ne pas que le feu s'éteigne.

Son pouce touche mon pouce.

Son pouce touche mon pouce.

Son pouce touche mon pouce.

Est-ce que c'est exprès ou est-ce que c'est le vent qui a poussé sa main vers la mienne?

Impossible de me concentrer sur autre chose que sur ce contact.

Je crois qu'il a bougé. Il bouge.

Son pouce caresse mon pouce.

Rien ne pourrait altérer la perfection du moment.

Je crois qu'un skate s'approche, mais je n'en suis pas sûre. Je n'entends que le son du pouce de Kevin qui caresse mon pouce.

— Heille, *man*! Heille, Anita! Je vous dérange pas? demande Sam, qui débarque de son engin en faisant le plus de bruit possible.

Kevin soupire et s'arrache à moi.

Sam entame un interrogatoire sponsorisé par Ritalin:

— Qu'est-ce que vous faites? Depuis quand tu fumes, Anita? Vous avez compris de quoi au test de sciences? Moi, j'ai rien compris. Tu m'en donnes une?

Kevin tend une cigarette à Sam et lui lance son briquet pour qu'il se l'allume tout seul. Le privilège du « caressage » de pouce m'est réservé.

— Alors, continue le casseur de party, vous sortez ensemble ?

Kevin soupire, regarde en l'air, me regarde, sourit et répond :

— Ta gueule, *man* !

(K)

De: Kevin
À: Moi
Date: Vendredi

Tu fais quoi, ce soir?

De: Moi
À: Kevin
Date: Vendredi

Je travaille au dépanneur.

De: Kevin
À: Moi
Date: Vendredi

Ah! O.K. Je vais peut-être passer te voir.

Une heure après que je suis arrivée au dépanneur, Mehdi est au courant de tout ce qui a eu lieu durant la semaine.

— Je savais que t'avais rencontré la mère de Kevin; il me l'a raconté hier, m'informe-t-il.

— Il t'a raconté quoi?

— Que t'avais rencontré sa mère.

— C'est tout?

— Bah... à peu près, là. Que tu devais capoter, mais que t'avais été cool, pis que j'avais raison. «Elle est vraiment correcte», il a dit.

— Pour vrai?

— Oui.

— Mais pourquoi tu m'as pas téléphoné pour me le dire?

Nous avons passé la soirée à attendre. À discuter de tout et de rien (comprendre: à discuter de Kevin et d'Émilie), mais surtout à attendre.

À onze heures moins le quart, nous avons tous les deux abandonné l'idée de voir arriver Kevin. Je suis passée de l'espoir au stress à l'inquiétude.

Là, au moment où je m'apprête à sortir les poubelles, la colère arrive sans crier gare.

— Il a p'têt eu un empêchement... suppose Mehdi alors que j'ouvre la porte du dépanneur.

Un empêchement, qu'il dit. Un EMPÊCHEMENT !

— Tu sais ce que j'aurais dû faire, Mehdi ? que je lui réponds en hurlant presque. J'aurais dû rester avec Jonathan. C'est ÇA que j'aurais dû faire !

Mehdi écarquille les yeux et prend son air de poisson rouge. Je n'y prête pas attention et continue de plus belle.

— C'est vrai. J'étais bien, dans le fond, avec Jonathan !

Lorsque je me retourne pour aller lancer mes poubelles dans le conteneur, je tombe nez à nez avec Kevin, qui n'a rien perdu de mon monologue. Je lâche un « allo » timide.

— Je viens juste chercher mes *smokes*, me répond-il froidement en passant devant moi.

Je reste plantée dans l'entrée, mes sacs-poubelles pendant le long de mes bras, métaphores de mon état d'esprit.

Lorsqu'il sort du dépanneur, je le suis dehors et l'interpelle :

— Heille... je niaisais, là... pour Jonathan. Y avait un contexte... pis t'es arrivé...

— M'en fous, tu fais ce que tu veux, me répond son dos.

— Non, mais là, c'est pas...

— Bye !

C'est la première fois que je le vois monter sur son skate. N'importe quel moyen pour s'éloigner de moi au plus vite.

S'il réagit de cette façon, ça doit vouloir dire qu'il m'aime bien, non ?

— Et là, il a dit «bye», toujours sans me regarder, et il est parti sur son skate, que j'explique à mon père lorsqu'il vient me chercher à la fin de mon quart de travail.

— Ça commence donc bien mal, vos affaires, à vous deux! juge-t-il.

— Mais ça veut dire qu'il m'aime bien, ou pas ? Thomas, lui, il pense que je devrais le frencher de force...

— Ben oui, tiens! Ça va arranger tes affaires, ça! Violer le monde, en plus! D'abord, tu l'insultes; ensuite, tu dis que tu veux retourner avec ton ex; puis après, tu l'agresses. Ah, il a de bonnes idées, ton frère, y a pas à dire! ironise-t-il.

— Alors, je fais quoi ?

— Y en a pas d'autres, des garçons qui te plaisent, avec qui ce serait moins compliqué? me demande-t-il.

— Non, que je lui réponds. Il n'y a que lui.

Et, en regardant les trottoirs mouillés et les réverbères défiler sous mes yeux, je me répète :

«Il n'y a que lui.»

(K)

02:04 – Kay dit :
Tu dors pas ?

02:04 – Tania dit :
J'allais pas tarder à y aller, là...

02:04 – Tania dit :
Je voulais te dire bonne nuit.

02:04 – Kay dit :
Bonne nuit. :)

02:04 – Kay dit :
(k)

02:05 – Tania dit :
J'ai envie de vrais baisers.

02:05 – Tania dit :
Et de toi en vrai.

02:05 – Tania dit :
Juste de toi.

02:05 – Kay dit :
Comment ça, « juste de toi » ?

02:05 – Tania dit :
(L)

Dernier message reçu le vendredi 7 novembre à 02:05

— Allo, Mehdi?

— Ah! Anita! Comment ça va?

— Ça fait cinq jours, et il ne m'a toujours pas reparlé. Je lui dis bonjour, il me répond à peine. Je lui propose qu'on travaille, il n'a jamais le temps. Je lui écris sur MSN, mais il prétend qu'il doit y aller et il se déconnecte... Je sais plus quoi faire!

— Et, pour avoir une réponse à ta question, tu téléphones au gars qui n'ose même pas parler à la fille matchée dont il est amoureux? plaisante Mehdi.

— Ben... c'est ton ami.

— Je sais pas, Anita... Rhaaaa, ça sonne. Mon père a fait installer le double appel ou je sais pas quoi, et je sais pas sur quel bouton je dois appuyer. Je te mets en attente, bouge pas! *clic*

Le tut-tut qui signale la fin de l'appel me confirme une chose: Mehdi est vraiment nul en ce qui concerne la technologie.

J'ai besoin que quelqu'un me dise quoi faire. Quelqu'un (d'autre que moi) que je puisse blâmer si ça rate. Je ne peux pas en parler à Émilie... Elle me connaît trop pour ne pas savoir que j'ai envisagé pour vrai de reprendre avec Jonathan. Une minifraction de seconde, mais quand même...

Je pourrais peut-être demander à Kevin: «Mettons que tu connais une fille; vous vous entendez bien et tout, tu la trouves "quand même *cute*", et tu la surprends en train de dire qu'elle voudrait retourner avec son ex... »

Je vais garder cette option comme dernier recours.

On sonne à la porte.

Si c'est encore un gamin qui vend du chocolat, je lui enfonce sa tuque jusqu'aux épaules, je le fais tourner cent fois sur lui-même et je le regarde essayer de retrouver son chemin. Si c'est Kevin, je l'embrasse de force.

C'est Jonathan.

Ma vie d'avant revient me chercher et m'attend au bas de l'escalier. Mon prince charmant sur son cheval blanc. Ils furent heureux et eurent beaucoup d'enfants. Fin.

Ce serait si simple...

Mais seulement, voilà : malgré mes récents questionnements et mes remises en question, lorsque je vois mon ex à la porte, je suis soudain absolument convaincue que je ne ressens plus rien pour lui. Peut-être de l'affection, un jour.

Mais les contes de fées ne sont pas basés sur de l'affection.

(K)

Des bruits de sabots résonnent dans la cour du château. Mon page vient m'annoncer l'arrivée de sire Jonathan.

— Fais-le monter ! que je lui ordonne.

S'il doit récupérer mon cœur, c'est sur ce lit même que je lui ferai cadeau du fruit défendu.

Le chevalier entre dans ma suite et s'agenouille à mes pieds.

— Ma dame, depuis notre séparation, je ne cesse de penser à vous. Vos baisers me manquent, et votre absence me ronge. Songez à me revenir, ma dame, car, si vous continuez de vous refuser à moi, c'est ma folie que vous causerez.

Je le toise longuement. Son genou écrase mon jupon. Son armure brille trop. Qu'y a-t-il derrière ses paroles ? Son tabard blanc cache-t-il de noirs desseins ?

— Que penserait votre amie, dame Émilie, ma sœur, si elle vous entendait me tenir un tel discours, chevalier ?

— Je n'en ai cure. C'est vous seule que je veux, ma mie. Accordez-moi votre amour ou transpercez-moi de ma lame, ordonne-t-il, grandiloquent.

— Mon cœur tout entier appartient à un autre.

— Je le tuerai ! déclare le chevalier Jonathan en se relevant brusquement.

— Vivre sans lui m'apparaît comme une hérésie.

S'il fallait qu'il disparaisse, mon existence n'aurait plus de sens et je dépérirais comme se fane une fleur.

À ces mots, le chevalier devient fou, m'empoigne, me serre contre lui, tente de m'embrasser et de relever mes jupons.

Quand je pense que j'ai failli ne pas écouter l'enchanteur du château, qui a tenu à m'apprendre un sort pour repousser les assauts d'un chevalier insistant ! Quelques incantations suffisent à transformer l'intrus en une grenouille assez jolie... pour une grenouille.

— Vous ferez livrer ça à dame Émilie, que j'ordonne à mon page. Elle saura quoi en faire. Si elle n'en veut pas, qu'elle le relâche dans les douves. Il trouvera bien de quoi s'occuper.

(K)

19:28 – A.n.i.t.a. dit :
Kevin...

19:28 – A.n.i.t.a. dit :
Je *feel* vraiment pas, là.

19:32 – A.n.i.t.a. dit :
Je voudrais te voir.

19:36 – A.n.i.t.a. dit :
S'il te plaît.

19:47 – Kay dit :
Qu'est-ce qui se passe ?

19:47 – A.n.i.t.a. dit :
Je t'expliquerai.

19:47 – Kay dit :
Tu veux que je vienne ?

19:47 – A.n.i.t.a. dit :
Non, c'est beau. J'arrive.

**Dernier message reçu le mercredi
12 novembre à 19:47**

Je n'aurais jamais cru qu'entre la parole de Jonathan et la mienne Émilie choisirait celle de ce traître.

Lorsque mon ex est parti de chez moi après sa déclaration d'amour, il m'a demandé de ne pas en parler à mon amie. Je lui ai promis de ne rien dire avant qu'il le fasse lui-même.

— Je te donne jusqu'à demain soir, l'ai-je averti.

Deux heures plus tard, Émilie m'a téléphoné, furieuse. Selon Jonathan, j'aurais essayé de le frencher.

S'en est suivi une série d'invectives, mes quatre vérités (pas vraies du tout) et un « raccrochage » au nez dans les règles.

C'est donc en larmes que je suis arrivée chez Kevin.

— Wow ! Qu'est-ce qui se passe ? me demande-t-il après m'avoir ouvert.

— Je me suis engueulée avec Émilie.

Je constate qu'il n'a pas l'air bien mieux.

— Et toi ? Qu'est-ce qui se passe ?

— Me suis engueulé avec Nancy, me répond-il en baissant la tête.

— Oh !

Une larme coule le long de ma joue. Je ne sais pas à quoi elle est due. À ma dispute avec mon amie ou à l'insignifiance de mes histoires à côté de la réalité de Kevin ?

Quelques minutes plus tard, tous les deux assis sur son lit, je lui ai raconté l'histoire en détail. Il m'interroge :

— Mais ton ex... tu voulais pas revenir avec ?

— Mais non ! T'es fou ? C'était une *joke* !

— Drôle de *joke*... juge-t-il. Et c'est sûr que tu l'as pas frenché ?

— Non ! Je lui ai dit que j'étais amoureuse d'un autre.

Cette information n'était pas censée se retrouver là. Trop tard pour reculer.

— T'es en amour avec un autre ? qu'il me demande.

Je hoche la tête en signe d'assentiment.

— Avec qui ?

La porte d'entrée claque. De petits pieds s'approchent de la chambre en courant. J'aimerais dire que cette interruption arrive à point nommé. J'aimerais dire que je n'étais pas prête à révéler mon amour à Kevin. Comment peut-on être soulagée et déçue en même temps ?

Je viens d'inventer la « soulaption ». Si ce n'était pas un sentiment aussi poche, je le ferais breveter.

— Kevin !

Matthias fait une entrée fracassante dans la pièce, Antoine dans les bras. C'est un Kevin agacé qui lui répond :

— Quoi, Matthias ? Qu'est-ce que tu fais avec ce chat ici ? Tu sais bien que, si Nancy le voit en dedans, elle va être fâchée, encore.

— Mais il est à personne et il a faim... plaide Matthias, piteux.

— Fais pas le bébé. On peut pas le garder, tu le sais !

Les yeux de l'enfant se remplissent de larmes. Le cœur de Kevin aussi, j'en suis sûre, mais celui-ci essaie de garder une contenance devant le petit.

— Mets-le dehors, Matthias, ordonne-t-il froidement.

— Non.

Kevin soupire.

— Fous-le dehors, Matthias.

— Non.

Les mâchoires de Kevin se serrent. Il inspire comme pour tenter de se maîtriser, mais explose :

— Tu crois pas que ça va assez mal de même, ici, sans aller en rajouter ? Faut déjà que je m'occupe de toi, j'ai pas besoin d'un chat en plus !

L'enfant réprime un sanglot et sort de la pièce, Antoine toujours serré dans ses bras.

Kevin frappe sur le mur, au même endroit que la dernière fois, et s'assoit de nouveau sur son lit, sa tête dans ses mains.

— C'est trop dur, Anita. C'est trop dur.

— Tout va s'arranger. Tu vas voir.

(K)

22:47 – Kay dit:
Heille, merci. Pour le chat et tout.

22:47 – A.n.i.t.a. dit:
De rien. :)

22:47 – Kay dit:
Tu dors pas?

22:47 – A.n.i.t.a. dit:
J'allais pas tarder à y aller, là...

22:47 – Kay dit:
Hé! hé!

22:47 – A.n.i.t.a. dit:
Quoi?

22:47 – Kay dit:
Rien. Tu me fais penser à quelqu'un.

22:47 – Kay dit:
Bonne nuit.

22:47 – A.n.i.t.a. dit:
Bonne nuit.

22:47 – Kay dit:
(k)

Kay s'est déconnecté(e)

**Dernier message reçu le mercredi
12 novembre à 22:47**

Dans la voiture, hier soir, papa était un peu fâché.

Ramener Antoine à la maison n'était pas tout à fait prévu au programme de la soirée. Mais mon père est un homme plein de bon sens qui a tout de suite jaugé la gravité de la situation.

— Antoine ! C'est quoi comme nom, pour un chat ? a-t-il finalement grogné en flattant la tête de l'animal. Tiens-le bien, c'est dangereux, ces bêtes-là, en auto. Manquerait plus qu'on ait un accident, avec tes histoires. Tu sais que je l'aime de moins en moins, ton Kevin, hein...

J'ai souri.

Moi, je l'aime de plus en plus.

Ce midi, Kevin me propose de nouveau de l'accompagner dehors.

— Tu me donnes une *puff* ? que je lui demande une fois sa cigarette allumée.

— Reste donc comme t'es, Anita.

Il me regarde gravement.

Le moment est arrivé.

Tous mes sens, mes membres et mes organes me le hurlent : c'est maintenant. Nous nous regardons quelques secondes avant qu'il baisse les yeux. J'approche mes lèvres des siennes. Il ne bouge pas. Je dépose un baiser sur sa bouche.

— Anita... chuchote-t-il.

Dis-moi que tu m'aimes, Kevin.

Il pose sa main sur ma nuque et appuie son front contre le mien.

— C'est pas une bonne idée.

Tania, elle, l'aurait embrassé quand même, mais ce n'est que moi.

Kevin continue :

— Je pensais pas devenir proche de toi de même. Mais t'sais... c'est arrivé, pis c'est genre... précieux. Toi pis moi. Je veux pas gâcher ça. Je t'aime. T'es mon amie. T'es mon amie.

Son amie.

Et merde !

DANS LE PROCHAIN ÉPISODE

Quand un cataclysme épouvantable s'abat sur moi et que je suis dévastée (morte, même!), tout me semble vain. Mon vernis à ongles, mes nouveaux jeans, le grain de beauté que j'ai entre le pouce et l'index...

Qu'est-ce qu'on fait, dans ces cas-là ?

D'après Mehdi, on boit pour oublier. « Ça ramène à la vie », qu'il dit. Mouais...

EN VENTE PARTOUT LE 14 SEPTEMBRE 2009

Sophie Bien

LA DISCUSSION DE L'HEURE :

L'amitié entre gars et filles :
comment la différencier de l'amour?

epiz

LES SÉRIES LES AUTEURS CAPSULES

(k)
Épisode 7

Des amis et
des hommes

Sophie Bienvenu

Sophie Bienvenu

Sophie Bienvenu est une fille, une jeune fille ou une femme, selon son humeur. Elle possède un chien, des draps roses et un sofa trop grand pour son appartement. Après avoir suivi une formation en communication visuelle dans une prestigieuse école parisienne, elle a décidé d'exercer tous les métiers possibles jusqu'à ce qu'elle trouve sa vocation. C'est en 2006, lors de la parution de *Lucie le chien,* que Sophie Bienvenu a décidé de devenir une auteure (idéalement célèbre et à succès) ou du moins d'écrire des histoires qui plaisent aux gens. Dans sa série *(k),* elle dépeint des jeunes évoluant sur fond d'amour, d'humour, de drame et de fantaisie.

Salgood Sam

Au début des années 1990, Salgood Sam fait de la bande dessinée et de l'animation tout en pratiquant d'autres formes d'art. Depuis l'an 2000, il se livre aussi à l'écriture, au « blogging » ainsi qu'au « podcasting ». Il a publié plus d'une trentaine de titres de bandes dessinées chez Marvel et DC Comics, et a été finaliste dans la catégorie « talent émergent » à l'occasion de la première édition des prix Doug Wright en 2005. En 2008, il a collaboré avec l'auteur et éditeur Jim Monroe à la publication du roman graphique *Therefore Repent.* En 2009, plusieurs de ses nouvelles paraîtront dans les anthologies *Comic Book Tattoo* et *Popgun 3.* La publication de *Revolver R* est également prévue pour octobre 2009. *(k)* est la première collaboration de Salgood Sam avec la courte échelle.

Les éditions de la courte échelle inc.
5243, boul. Saint-Laurent
Montréal (Québec) H2T 1S4
www.courteechelle.com

Direction littéraire : Julie-Jeanne Roy

Révision : Leïla Turki

Direction artistique : Jean-François Lejeune

Infographie : D.Sim.Al

Dépôt légal, 3ᵉ trimestre 2009
Bibliothèque nationale du Québec

La courte échelle reconnaît l'aide financière du gouvernement du Canada
par l'entremise du Programme d'aide au développement de l'industrie de
l'édition pour ses activités d'édition. La courte échelle est aussi inscrite au
programme de subvention globale du Conseil des Arts du Canada et reçoit
l'appui du gouvernement du Québec par l'intermédiaire de la SODEC.

La courte échelle bénéficie également du Programme de crédit d'impôt pour
l'édition de livres – Gestion SODEC – du gouvernement du Québec.

**Catalogage avant publication de Bibliothèque et Archives nationales
du Québec et Bibliothèque et Archives Canada**

Bienvenu, Sophie

Des amis et des hommes

(K ; épisode 7)

(Epizzod)

Pour les jeunes de 14 ans et plus.

ISBN 978-2-89651-155-6

I. Sam, Salgood. II. Titre. III. Collection : Bienvenu, Sophie. (K) ;
épisode 7. IV. Collection : Epizzod.

PS8603.I357D47 2009   jC843'.6   C2009-941574-7
PS9603.I357D47 2009

Imprimé au Canada

DANS LA MÊME SÉRIE